Moacyr Scliar

Uma história farroupilha

www.lpm.com.br

L&PM POCKET

Coleção **L&PM** POCKET, vol. 388

Primeira edição na Coleção **L&PM** POCKET: setembro de 2004
Esta reimpressão: junho de 2008

Capa: Rodrigo Rosa
Ilustrações: Rodrigo Rosa
Revisão: Larissa Roso e Renato Deitos

ISBN 978-85-254-1420-5

S468p Scliar, Moacyr, 1937-
Uma história Farroupilha / Moacyr Scliar; ilustrações de Rodrigo Rosa. -- Porto Alegre: L&PM, 2008.
104 p.; 17 cm. (Coleção L&PM Pocket)

1. Literatura brasileira-novelas-Revolução Farroupilha. 2.Rosa, Rodrigo, il. I. Título. II. Série.

CDD 869..932
CDU 821.134.3(81)-32

Catalogação elaborada por Izabel A. Merlo, CRB 10/329.

Rua Comendador Coruja 314, loja 9 – Floresta – 90.220-180
Porto Alegre – RS – Brasil / Fone: 51.3225.5777

PEDIDOS & DEPTO. COMERCIAL: vendas@lpm.com.br
FALE CONOSCO: info@lpm.com.br
www.lpm.com.br

Impresso no Brasil
Inverno de 2008

Sumário

Apresentação

Rádio Farroupilha, Parque Farroupilha, Conjunto Farroupilha, Clube Farroupilha... O visitante que percorre o estado do Rio Grande do Sul em nossos dias observa por toda parte a forte presença de uma herança histórica decorrente de um violento conflito armado: a Guerra dos Farrapos ou Revolução Farroupilha.

À frente da revolta armada estavam os estancieiros – grandes proprietários de terras e de gado – descontentes com o controle político e econômico que se exercia a partir do Rio de Janeiro. Não é por acaso que o grande líder farroupilha, aquele que é tido como o maior herói da guerra, Bento Gonçalves, tenha sido um homem de elite regional, um militar de carreira com interesses no setor pecuarista.

Assim que D. Pedro II assumiu o poder, em 1840, ele propôs a paz aos farroupilhas, mas a iniciativa não foi bem recebida. A guerra somente chegaria ao fim quando o Império precisou de apoio diante dos choques militares que começavam a se intensificar nas fronteiras sulinas com os países do Prata. Assim uma "paz honrosa" foi proposta pelo então barão de Caxias, o comandante das tropas imperiais. A revolta, portanto, não foi vencida pelas armas, e muitos dos objetivos que ela pretendia foram alcançados no acordo final.

São esses acontecimentos que você vai conhecer melhor agora, ao acompanhar a experiência de Franz, um jovem imigrante alemão que se vê envolvido nos conflitos desencadeados pela Revolução Farroupilha, a mais longa guerra civil da História brasileira.

1. Descobrindo o Rio Grande do Sul

Rio Grande do Sul: a primeira vez que Franz ouvira falar de tal lugar tinha sido na Alemanha, na pequena vila perto de Lübeck, onde nascera e fora criado. Tinha quatorze anos e era o segundo de três irmãos. A família toda trabalhava na terra, como seus antepassados haviam feito por várias gerações.

Não era uma vida fácil, mas naquele inverno de 1837 ela tornara-se ainda mais penosa. Três anos de más colheitas haviam se sucedido, e até fome eles estavam passando. Isto, porém, não comovia o conde, proprietário das terras: todas as semanas ele exigia o pagamento que lhe deviam como arrendatários. Aliás, não era só a família Schmidt que estava em situação difícil; o mesmo acontecia com todos os habitantes da vila. A revolta era geral, tanto mais que novas idéias de liberdade percorriam a Europa. Muita gente estava emigrando para a América, onde, dizia-se, havia terras para todos e onde as pessoas eram livres.

Johann Schmidt, pai de Franz, não falava nessas coisas; era homem de poucas palavras. Por isso a família ficou surpresa quando, chegando em casa uma noite, ele anunciou que teriam uma importante conversa. Sentaram todos ao redor da mesa: Franz, seus irmãos Rudolph (apelidado de Vermelho, por causa do cabelo ruivo), de dezessete anos, e o caçula Dieter, de dez anos, e a mãe, Elsa. Por alguns minutos ficaram em silêncio, Johann olhando fixo para a chama da lamparina diante dele, os outros aguardando, tensos.

– Nós vamos partir – disse ele, por fim.

Partir? Eles se olharam surpresos, assustados.

– Vamos partir – repetiu Johann. – Em primeiro lugar, não podemos mais ficar. O conde mandou avisar que nos expulsará daqui, se não pagarmos nossas dívidas até o fim do mês.

E dinheiro nós não temos. Todas as nossas economias foram gastas.

– Mas, Johann – tentou argumentar Elsa –, será que nós não poderíamos...

– Além disso – continuou o marido, como se não a tivesse ouvido –, recebi hoje uma carta do meu irmão, o Kurt.

Aquilo era outra surpresa: de Kurt, Johann nunca falava. Haviam brigado anos antes, e desde então a família não podia sequer mencionar o nome dele. Tudo o que sabiam é que Kurt tinha emigrado, com a mulher e os filhos, para algum lugar na América. Agora, porém, algo tinha acontecido.

– Kurt está doente. Muito doente. E pede que vá me juntar a ele. Mora num lugar que se chama...

Tirou do bolso o envelope, colocou os óculos e leu, com dificuldade:

– Rio Grande... do Sul. É isto: Rio Grande do Sul. Fica, diz o Kurt, na fronteira com o Uruguai e a Argentina.

– Ah, mas eu sei que lugar é esse! – interrompeu Franz, sem pensar. Chama-se pampa. É a terra dos... dos... Como é mesmo o nome? Dos gaúchos! A terra dos gaúchos! – bradou, até que caiu em si: – Desculpe, papai. É um assunto sério e eu...

– Está bem, Franz – um sorriso fugidio iluminou por um instante o rosto do pai. – Nós todos sabemos que você é um bom aluno, que sabe tudo o que os professores ensinam. Sim, aquela é a terra dos gaúchos, criadores de gado... Mas isto é no sul da Província. O Kurt mora mais ao norte, na região de colonização alemã. Ele tem alguma terra, alguns animais... Até agora vivia bem. Mas com a doença já não pode cuidar da propriedade. Precisa de nossa ajuda. E para nós também será bom... Começaremos uma nova vida. Então? O que dizem?

Fez-se silêncio de novo, um pesado silêncio. Por fim, Elsa pôs-se de pé:

– Façamos o que tem de ser feito. Se é para partir, partimos! E vamos confiantes, porque Deus vela por nós e não nos abandonará!

Johann fitou-a, os olhos úmidos:

– Eu sabia, Elsa. Sabia que podia contar com seu apoio.

No instante seguinte, estavam todos abraçados, rindo, chorando e falando ao mesmo tempo sobre a viagem, o Brasil e a nova vida que os esperava... Mas então Johann ficou subitamente sério:

– Há uma coisa que eu não disse para vocês.

Todos se calaram, surpresos. Johann hesitou e continuou:

– Há um problema lá, naquele lugar...

– Problema? – perguntou Elsa, a testa franzida. – Mais um problema, além de todos que já teriam?

– Há uma... revolução.

– Revolução, Johann? – repetiu Elsa, incrédula. – Está nos levando para um lugar onde há uma revolução? Onde pessoas estão se matando?

– Não é bem assim... Kurt explica tudo nesta carta. É uma briga contra o governo central... Mas ele garante que, se a gente não se meter, não corre perigo. Tudo o que temos a fazer é ficar lá no nosso canto, trabalhando a terra...

Elsa mirava-o, fixo.

– Tem certeza, Johann? Tem certeza do que está dizendo?

Ele sorriu, amargo:

– Certeza, Elsa? Do que podemos ter certeza, a não ser da morte? É o que diz o meu irmão Kurt, e eu devo acreditar nele: tivemos nossas divergências, mas nunca me mentiu. Além disso, ele precisa de nós. E eu pergunto: temos alternativa aqui? Temos alguma esperança?

Ela não respondeu. Baixou a cabeça e ficou um instante imóvel, em silêncio. Quando o olhou, as lágrimas lhe corriam pelo rosto, mas sorria:

– Está bem, Johann. Revolução ou não revolução, nós vamos para lá, e tudo há de dar certo.

Franz foi buscar seu livro de geografia. Abriu-o, mostrou um mapa:

– Olhem, isto é o Brasil. E aqui fica o Rio Grande do Sul...

O livro tinha várias ilustrações: gaúchos cavalgando, gaúchos marcando o gado. Franz leu o texto, sempre interrompido pelas perguntas do pequeno Dieter. Já o silencioso Rudolph nada dizia; era considerado meio esquisito, o Vermelho. Tanto que não o haviam aceito na escola, fato que só fizera aumentar a sua natural amargura.

Conversaram bastante naquela noite, bem mais do que costumavam habitualmente. É que agora se sentiam muito próximos uns dos outros, muito unidos. Mas, quando o relógio deu dez horas, Elsa interrompeu-os:

– Agora chega, já é tarde. Vamos todos dormir, porque a partir de amanhã temos muita coisa a fazer.

As duas semanas que se seguiram foram de intensa atividade: tinham de vender as poucas coisas que possuíam, os animais, as ferramentas agrícolas, os móveis. Com o dinheiro, compraram roupas novas e grandes baús. Finalmente, viram-se no *Viking*, um velho cargueiro que fazia a linha Hamburgo-Rio de Janeiro.

Não foi uma viagem confortável. Como não havia camarotes, eles tinham sido alojados no porão, em meio à carga. A comida era escassa e ruim. As fortes ondas do Atlântico faziam o navio jogar. Um tormento que parecia não ter fim. Um dia, porém, avistaram terra e correram todos para o convés. A visão que tinham do novo país compensava as agruras da viagem: praias de areia alva, matas verdejantes, montanhas; era a pitoresca cidade do Rio de Janeiro.

– É um verdadeiro paraíso – dizia Elsa, extasiada, e todos concordavam.

Johann tratou de moderar um pouco o

entusiasmo, lembrando que aquele não era o seu destino final:

– O lugar para onde vamos deve ser um pouco diferente. Não tem mar, não tem praias...

Diante do olhar decepcionado dos filhos, emendou:

– Mas também não é tão quente. Aqui faz calor demais, é impossível trabalhar.

Ficaram vários dias no Rio, tentando conseguir transporte para o Rio Grande do Sul. Foi muito difícil: tinham pouco dinheiro, não falavam a língua e, ainda por cima, havia o problema da revolução. Mas conseguiram lugar num pequeno navio que iria até o porto de Rio Grande.

De Rio Grande ainda precisavam seguir para a região de colonização. Usando suas derradeiras economias, Johann comprou, de um negociante, um carroção e uma parelha de cavalos. O homem indicou também um guia, um rapaz que conhecia bem a província e que os levaria até onde Kurt morava.

Foi uma enorme distância a que percorreram, através do vasto pampa, com suas suaves ondulações, as coxilhas. Iam apreensivos, com medo de se verem de repente em meio a alguma batalha. De fato, às vezes encontravam carroças queimadas, carcaças de cavalos, lanças quebradas e até montículos com cruzes. E avistavam também gaúchos, com seus chapelões desabados, ponchos, botas de cano alto. Mas nunca cruzaram com os revolucionários e nem com as tropas imperiais que os enfrentavam.

Finalmente chegaram à colônia. Ficava próxima à vila de São Leopoldo. As terras pertenciam ao governo, que tinha ali uma grande propriedade, antes conhecida como Real Feitoria do Linho Cânhamo, mas que agora se chamava Colônia Alemã de São Leopoldo.

Em sua maioria, os colonos trabalhavam na agricultura. Plantavam cereais, feijão, batata, criavam aves e suínos. Parte da produção era para consumo doméstico, parte era vendida em Porto Alegre. Outros trabalhavam como sapateiros, tecelões, alfaiates, ou eram operários nos curtumes ou nas pequenas fábricas locais de azeite e de sabão.

Para a família Schmidt foi uma alegria encontrar tanta gente que, como eles, falava alemão. Mas a alegria durou pouco: ficaram sabendo que Kurt tinha morrido pouco tempo antes

e que a viúva, transtornada, tinha partido com os dois filhos, tomando rumo desconhecido.

A conselho dos colonos, Johann instalou-se com a família na casa que pertencera ao irmão. Passado o período inicial de adaptação, atiraram-se ao trabalho. Levantavam todo dia antes do nascer do sol, tomavam café e iam para a lavoura, onde labutavam até o anoitecer, com ligeiras pausas para as refeições.

– Vai dar certo – dizia Johann, enxugando o suor do rosto. – Vai dar certo.

2. A guerra dos gaúchos

Muitos meses se passaram. Os esforços da família Schmidt foram compensados com boas colheitas – milho, feijão, batata. Tinham vacas também e criavam uns porquinhos, com o que já não passavam fome. Ao contrário, podiam até vender algo do que sobrava e economizar uns patacões, que Elsa guardava cuidadosamente. Estavam contentes. Só uma coisa os inquietava... A guerra. A Guerra dos Farrapos.

Tendo começado em 1835, o conflito se estendia agora pelo Rio Grande. A família Schmidt ainda não tinha sentido seus efeitos; quanto aos moradores mais antigos da colônia, eles acompanhavam os acontecimentos desde seu início, através de um jornalzinho: *O Colono Alemão,* editado por Hermann von Salisch.

Militar de profissão, Von Salisch tinha vindo para o Brasil como muitos outros oficiais e soldados contratados pelo governo para o recém-formado exército imperial. Logo depois de sua chegada, contudo, abandonara a farda para lecionar idiomas e música – e para fazer o seu jornal, em que defendia ardorosamente os rebeldes. De um vizinho, Johann recebera uma coleção completa de *O colono alemão*, e graças a ela podia explicar à família o que estava se passando:

– Tudo começou com uma grave acusação do presidente da província, o Antônio Braga: havia gente tramando com os uruguaios para separar o Rio Grande do Brasil. Para evitar o que chamava de anarquia, resolveu criar um corpo especial de polícia, financiado com um imposto de dez mil réis sobre os objetos chapeados de prata, como esporas, fivelas. Uma vergonha!

– Pode ser – disse Elsa, sem tirar os olhos do bordado. – Mas a verdade é que nós não temos nada a ver com isso. Não usamos esporas nem fivelas. Não devemos nos envolver nessa guerra.

– Não concordo! – era Rudolph, de pé, pálido, os olhos saltando das órbitas. – Nada temos a ver com isso? Pois a mãe está errada. Nós moramos aqui, no Rio Grande, uma província que, como diz o Von Salisch, há muito tempo é explorada. O governo central nomeia o presidente, cobra impostos, decide tudo. Aqui não se pode construir uma ponte, não se pode abrir uma estrada sem autorização. O Bento Gonçalves tinha toda a razão em se rebelar. Ele não é um separatista ou um bandido, como dizem os do governo. É um grande homem! Um militar valente, um revolucionário que quer libertar o Rio Grande.

Aquelas discussões eram freqüentes, porque algo estava se passando com o Vermelho. Ele sempre fora considerado um pouco estranho; com o pai, sobretudo, dava-se mal, brigavam muito. Agora, contudo, a situação parecia ter-se agravado. Às vezes Rudolph passava dias sem dizer palavra; de repente, começava a falar sem parar – e sempre sobre os farrapos, a causa dos farrapos, a luta dos farrapos.

A pedido dos pais, Franz resolveu conversar com o irmão. Aproveitou uma tarde em que estavam a sós, no campo. Largando a enxada, aproximou-se de Rudolph:

– Quero saber o que está havendo com você.

Surpreso, meio irritado, o outro tentou desconversar, não estava havendo nada, aquilo era coisa do pai, que não gostava dele, nunca gostara. Mas terminou confessando:

– Estou mal, Franz, muito mal. Não agüento mais esta nossa vidinha. Eu quero sair daqui da colônia, correr mundo, conhecer gente... Eu quero viver, Franz! Preciso confessar algo: estou pensando em me juntar aos farrapos. É uma causa justa, mano, e é a oportunidade de eu me afirmar como homem. Chego a sonhar com isso, Franz...

O olhar perdido, Rudolph parecia em êxtase, e continuou:

– No meu sonho, estou guerreando com os farrapos. E sou um chefe, um chefe temido e respeitado... Comando um grupo de homens num ataque aos imperiais... Eles estão formando um quadrado e nos esperam com as baionetas apontadas... E ali vamos nós, empunhando lanças e espadas, galopando, o vento zunindo em nossas orelhas... E estamos cada vez mais perto... Mais perto... Eu vejo as caras dos inimigos... Estão apavorados... Avante, eu grito,

avante, homens... Já não sou mais um colono, mano. Sou um guerreiro, um guerreiro temível... E então avisto o comandante deles... Golpeio-o com a espada... A cabeça rola pelo chão, o sangue esguicha... É a vitória... A vitória.

Calou-se, ofegante. Franz estava profundamente abalado com o que ouvira. Estava certo, agora, de que o irmão, a qualquer momento, poderia fazer uma coisa inesperada.

E foi o que aconteceu, mais cedo do que esperava.

Na manhã seguinte, acordou sobressaltado, com o pai a sacudi-lo:

– Acorda, Franz, acorda! Ele foi embora!

Rudolph tinha partido. Deixara um bilhete: ia em busca de seu destino e pedia que não tentassem detê-lo.

3. Em busca do irmão

O tempo passava, e nenhuma notícia de Rudolph. A família não sabia o que fazer.

Sequer imaginavam onde estaria. A revolta, que começara com a tomada de Porto Alegre, espalhara-se de imediato para outros pontos da província: o movimento tinha sido articulado para, desta forma, obrigar os imperiais a combater em várias frentes.

De início, os revolucionários tinham tomado várias cidades, na fronteira, nas Missões e em outros pontos da província. Depois de uma grande vitória, na batalha de Seival, os farrapos haviam proclamado, em setembro de 1836, a República Rio-Grandense.

Tendo sido aprisionado pelos imperiais na batalha de Fanfa, no mesmo ano de 1836,

Bento Gonçalves se evadira espetacularmente da fortaleza de Santa Cruz, no Rio de Janeiro, voltando então ao Rio Grande.

Rudolph contara essa história tantas vezes e falara com tanto entusiasmo do chefe farrapo que Franz não tinha dúvida: o irmão fora se juntar às tropas de Bento Gonçalves. Mas onde?

A República Rio-Grandense tinha como capital a pequena cidade de Piratini (aliás, era conhecida como República de Piratini); contudo, assediado pelos imperiais, Bento Gonçalves optara por mudar a sede do governo para Caçapava. Talvez Rudolph estivesse lá.

O que fazer? Mandar uma carta, pedindo que voltasse? Não adiantaria. Escrever ao próprio Bento Gonçalves para que mandasse o rapaz de volta? Mas os farrapos precisavam de gente; aliás, no começo da revolução, tinham vindo à colônia atrás de reforços. Por fim, havia um problema que talvez fosse o maior de todos: como fazer chegar a carta? Os correios eram precaríssimos, sobretudo naquela época de guerra.

Depois de pensar muito, Franz concluiu: alguém tinha de ir em busca do irmão, e esse alguém era ele. O pai não poderia fazê-lo; precisava cuidar da lavoura, da mãe e do caçula. Além disso, falava muito mal o português. Parentes? Não tinham. Aos vizinhos, não pediriam coisa tão arriscada. Por outro lado, Franz queria ir. Afinal, o Vermelho era seu irmão mais velho, o irmão que tantas vezes cuidara dele na infância, que lhe ensinara a pescar, que sabia o nome de todos os pássaros e árvores. Esquisito ou não, era um irmão querido, e Franz não o abandonaria: iria atrás dele.

Anunciou a decisão aos pais. Eles choraram muito, suplicaram que não fosse:

– O Rudolph já está correndo perigo, Franz. Agora você também vai se arriscar!

– Confiem em mim – foi a decidida, e até orgulhosa, resposta dele. Colocou no bornal as suas poucas roupas, algum dinheiro, a Bíblia e, despedindo-se dos pais e de Dieter, pôs-se a caminho, a pé. Rudolph tinha levado o único cavalo disponível.

Caçapava, o lugar onde achava que seu irmão estivesse, ficava em pleno pampa, no sul da província. Franz tinha um mapa, que de pouco lhe resolveu: tomou rumo errado e acabou se perdendo. Viu-se no meio do campo, sozinho. Fazia dois dias que saíra de casa. Caía uma chuva fina, estava com frio e com fome e, o que era pior, sentia-se desanimado, sem esperança.

– Fracassei – murmurava baixinho. – Fracassei por completo. Não encontrei meu irmão, não sei onde procurá-lo, nem sequer sei onde estou. Sou um desastre.

Sentou-se no chão e começou a soluçar baixinho, as lágrimas misturando-se em seu rosto às gotas de chuva.

– Deus – gemia –, me ajude, meu Deus.

De repente, avistou alguém, um homem que vinha a cavalo. Em outras circunstâncias, talvez se ocultasse atrás de uma macega; o desconhecido poderia ser um salteador, um bandido. Agora, porém, esses receios desapareciam, diante de sua desgraça.

Correu em direção ao cavaleiro. Era um gaúcho típico, feições indiáticas; perguntou a Franz o que ele estava fazendo ali, no meio daquela imensidão. O rapaz explicou que procurava o irmão e acrescentou, meio envergonhado, no seu português de sotaque carregado:

– Estou com fome, moço. Faz dois dias que não boto nada na boca... O amigo não terá alguma coisa para comer?

O gaúcho teve pena dele. Do bornal que

trazia preso à sela, tirou um pedaço de charque e deu-o a Franz, que pôs-se a devorá-lo. O homem considerava-o em silêncio. Finalmente, disse:

– Escuta, tchê, acho que vou te levar para o coronel Picucha. Trabalho na estância dele. É homem rico, tem amigos influentes. Pode ser que ele ache teu mano.

Colocou-o na garupa, e seguiram. Uma longa jornada, através de terras que, explicava o homem, pertenciam ao coronel Picucha:

– O homem nem sabe o que tem. São léguas e léguas de sesmaria.

Ao cair da tarde, chegaram à casa da estância. Como outras que Franz tinha visto, era muito grande, mas simples. O coronel estava lá, sentado numa cadeira no grande avarandado, tomando o seu chimarrão. Era de pequena estatura, mas atarracado, forte. Mirou com curiosidade o recém-chegado:

– Ué, Juvêncio! Onde é que achaste esse alemãozinho? Estava perdido, o coloninho?

Juvêncio contou o sucedido. O coronel suspirou:

– Chi, rapaz, não vai ser fácil achar o teu irmão. Mas vou mandar um mensageiro a

Caçapava com uma carta ao meu amigo Bento. Isso vai demorar uns dias, talvez uma semana ou mais. No meio tempo, podes ficar aqui na estância. És meu hóspede.

Franz aceitou o convite, mas disse que queria pagar a hospedagem – com trabalho.

O fazendeiro riu:

– Que trabalho? Tu não tens cara de quem sabe lidar com gado xucro. Mas, se fazes questão, podes dar uma mão ao pessoal aqui da casa.

Dizendo isso, levantou-se e dirigiu-se a Juvêncio:

– Acomoda o nosso amigo com a peonada.

E assim Franz Schmidt ficou morando na estância. De início, estranhou o jeito um tanto brusco dos peões e o modo de vida deles. A comida, por exemplo. Era carne de manhã, de tarde, de noite, sem falar no chimarrão. Mas acabou se acostumando. Descobriu que os gaúchos eram francos, honestos; apesar de rudes, sempre diziam o que pensavam, não mentiam. Aprendeu a fazer churrasco e chimarrão.

– Tu estás virando um guasca de verdade!

– dizia Juvêncio, entusiasmado. – Mais um pouco e estás domando um cavalo bravo!

As tarefas da casa eram dirigidas com mão de ferro por dona Cotinha, esposa do estancieiro, mulher pequena, magra e muito severa. Ajudava-a Ritinha, mulher de Juvêncio. Excelente cozinheira, preparava como ninguém os pratos de que o coronel gostava: arroz-de-carreteiro, assado de ovelha, doce de abóbora. A Franz, confidenciava que seu sonho seria assar um churrasco:

– Mas eles não deixam – suspirava. – Churrasco não é coisa pra mulher. Nem cuidar do gado. Nem fazer a guerra. Agora, com essa história dos farrapos, parece até que já estou vendo. Um dia, o Juvêncio vai me dizer: "Mulher, estou partindo, toma conta do rancho e das crias". E aí vou ficar aqui esperando, olhar comprido... Mas o que é que se vai fazer? É o nosso destino, como diz a dona Cotinha, que sabe de tudo.

O coronel Picucha tinha dois filhos, Zé Pedro e Tadeu, rapagões altos e fortes, que o ajudavam nas lides da estância. E tinha também uma filha, Ana Maria, um pouco mais velha que Franz. Esta moça, cujas delicadas feições lembravam a ele as princesas dos contos de fadas, raramente saía do quarto; tinha um sério problema de saúde – tísica, dizia-se. Passava o tempo todo lendo ou tocando piano. Se havia sol, saía para passear no campo, acompanhada da mãe.

Franz ficava a espiá-la pela janela da cozinha. Uma vez Ritinha o pegou em flagrante:

– O que estás olhando?

Sem poder disfarçar a perturbação, Franz gaguejou uma resposta qualquer. Ritinha o encarou firme:

– Esquece, alemão. A moça não é para teu bico. Se ela ficar boa e casar, não será com um filho de colono. Será com um estancieiro tão rico quanto o coronel Picucha, com um médico ou um advogado. Além disso, pelo que me consta, não vieste aqui para namorar, e sim para achar teu mano.

O que era verdade. Dez dias tinham se passado, e o mensageiro do coronel ainda não retornara. Franz preocupava-se, mas de outra parte tinha muito o que fazer. A casa era movimentada: visitas chegavam a toda hora – o que, para ele, significava estar sempre a postos com a água quente para o chimarrão.

Não apenas estancieiros dos arredores,

como também advogados, políticos e até jornalistas vinham de longe para conversar com o coronel, homem respeitado pela coragem e pela astúcia. O assunto era, invariavelmente, a Guerra dos Farrapos; alguns achavam a situação confusa, mas a maioria apoiava Bento Gonçalves.

– O governo central castiga o Rio Grande – dizia o doutor Salustiano, médico e estancieiro. – Esqueceram que conquistamos estas terras a ferro e fogo aos castelhanos. Esqueceram que estamos aqui criando gado, gerando riquezas, enquanto eles discutem nos gabinetes palacianos.

Todos aplaudiam, o dono da casa inclusive. Separatista convicto, o coronel Picucha guardava com orgulho uma cópia da carta em que Bento Gonçalves, seu amigo, comunicava ao regente Feijó que tinha deposto o governador Braga: "... Em nome do Rio Grande do Sul, eu lhe digo que nesta província extrema, afastada dos corrilhos e conveniências da Corte, dos rapapés e salamaleques, não toleramos imposições humilhantes nem insultos de qualquer espécie. O Rio Grande é a sentinela do Brasil que olha vigilante para o rio da Prata. Merece, pois, maior consideração e respeito, não pode e nem deve ser oprimido pelo despotismo. Exigimos que o governo imperial nos dê um governador de nossa confiança, que olhe pelos nossos interesses, pelo nosso progresso, pela nossa dignidade, ou nos separaremos do centro e, com a espada na mão, saberemos morrer com honra ou viver com liberdade".

Também gostava de recitar os versos em que Paulino Fontoura, o poeta dos farrapos, atacava os representantes do governo central, conhecidos como "caramurus":

Ó, vis caramurus, bando inumano
que apareceis com extinta autoridade
a chicote vereis vossa maldade
punida por povo soberano!

Apesar de suas posições, e da amizade que o ligava a Bento Gonçalves, o coronel Picucha ainda não se unira aos farrapos. Havia uma razão muito forte para isso: Ana Maria lhe suplicara que não o fizesse. E o coronel atendia a qualquer pedido da filha, pois temia pela precária saúde da moça.

Mas essa decisão estava cada vez mais difícil de manter. Ele tinha um nome a zelar, tinha homens sob seu comando, era rico: a recém-proclamada República Rio-Grandense precisava de seu apoio, e os apelos se sucediam.

Numa noite em que a casa estava excepcionalmente cheia – mais de trinta estancieiros estavam lá –, anunciou que se uniria às forças de Bento.

As palavras do coronel foram recebidas com grande entusiasmo. Todos se declararam prontos a acompanhá-lo:

– É o Rio Grande de pé! – bradava o doutor Salustiano. – É o centauro dos pampas galopando pela liberdade! É o fim da tirania!

Parado à porta da grande sala de jantar, a chaleira na mão, Franz observava a cena, meio assustado. Como eram diferentes dos silenciosos, tímidos colonos aqueles homens! Por um instante, pensou que o seu lugar não era ali, mas sim em casa, junto com a família; aliás, lá ele estaria, não fosse pelo irmão que procurava. Ao mesmo tempo, porém, sentia-se orgulhoso por estar, de alguma forma, testemunhando o que sentia ser um acontecimento de muita importância. Criou coragem, avançou:

– A água quente, coronel.

Fez-se um silêncio surpreso e até suspeitoso.

– Quem é esse guri? – perguntou um dos estancieiros, que não conhecia Franz.

– Um alemãozinho que está passando uns tempos com a gente – respondeu o coronel. – É de confiança, o piá. Aliás, se não fosse, não estaria aqui.

Todos riram.

– E então, alemãozinho, não queres vir com a gente pelear um pouco? – provocou o doutor Salustiano. – Vais gostar do entrevero, te garanto.

Riram de novo, e Franz ficou vermelho.

– Está bem – disse o coronel. – Deixa a chaleira e podes ir.

Ficaram reunidos até tarde naquela noite. O coronel acompanhou-os até a porta e ali ficou, fumando um palheiro e olhando o céu estrelado.

Franz, meio receoso, aproximou-se:

– Coronel Picucha...

O homem voltou-se, sobressaltado:

– Ah, és tu – sorriu ao vê-lo. – E então, alemãozinho? Queres te juntar a nós, como fez o teu irmão?

– Não posso, o senhor sabe que não posso... Eu tenho de encontrar o Rudolph e levá-lo para casa. Foi o que eu prometi a meus pais.

– Bom. Então aguarda que o mensageiro traga notícias.

– Era o que eu queria fazer, coronel... Mas o senhor vê... Tantos dias se passaram, e ele não voltou... Pode ter acontecido alguma coisa...

O coronel assentiu com a cabeça:

– Pode. Estes são tempos de perigo. Não te garanto que ele volte.

– Eu poderia acompanhar o senhor até Caçapava? Talvez encontre meu irmão com o Bento Gonçalves...

O coronel pensou um pouco.

– Está bem. Tu vais conosco. Mas só até Caçapava; depois, não poderei mais te ajudar.

Franz agradeceu, a voz embargada. A partida estava marcada para o dia seguinte. De fato, logo após o romper da aurora a peonada começou a se reunir diante da casa. Os homens estavam todos armados: a maioria com lanças e grandes facões, uns poucos com armas de fogo, pistolas e mosquetões.

O coronel apareceu:

– E então? Prontos para a peleja?

A resposta foi um brado uníssono: sim, estavam prontos. A distância, mulheres, muitas com filhos no colo, e crianças descalças olhavam a cena. Eram as famílias dos peões. A partir daquele momento, começava, para aquela gente, a espera, a angustiante espera. Mas estavam todos habituados àquilo. Como dizia Ritinha:

– Homem é pra guerrear. Mulher é pra cuidar da casa.

O coronel e Zé Pedro, o filho mais velho, montaram, observados por Tadeu, que ficaria para tomar conta da estância. Juvêncio e alguns outros montaram também. O resto iria a pé.

– Vamos em frente! – comandou o coronel.

E seguiram. Ninguém se voltou, a não ser Franz; lançando um último olhar à casa, ele avistou alguém numa janela. Era Ana Maria, que os mirava, imóvel.

IV. Na capital dos farrapos

A viagem até Caçapava foi demorada; iam parando nas estâncias do caminho, onde o coronel Picucha era recebido pelos donos, seus amigos. Muitos estavam também aderindo aos farrapos, de modo que, quando chegaram a Caçapava, já eram algumas centenas de homens.

A cidade – na realidade, não passava de uma vila – estava em festa: naquele dia, 14 de fevereiro de 1839, o governo da República Rio-Grandense tinha sido oficialmente instalado. Carretas de bois ainda traziam de Piratini pacotes com documentos e as máquinas da pequena tipografia onde era impresso *O Povo,* o jornal dos revolucionários.

O próprio Bento Gonçalves veio recebê-los na rua principal. Franz não pôde deixar de se impressionar com a figura do comandante farrapo. Era um homem de feições severas, nariz reto, olhar penetrante; vasta cabeleira e grandes costeletas emolduravam-lhe o rosto. Usava um vistoso uniforme, com alamares dourados. O coronel Picucha desmontou e saudou-o com respeito, mas altivez:

– *Buenas,* general. Aqui estou com os meus homens. Vim oferecer meus modestos préstimos à causa da República.

– Chega em boa hora, coronel Picucha. O seu apoio para nós é decisivo. Mas vamos entrar – convidou Bento, mostrando o casarão onde estava instalada a sede do governo.

Entraram. Franz, na rua, olhava ansioso para todos os lados. Havia muitos soldados por ali. Razoavelmente vestidos, o termo "farrapo", como depois descobriria, era uma alusão não às roupas, mas às idéias, por alguns comparadas às da ala mais exaltada da Revolução Francesa: os *sans-culottes*, assim denominados porque não usavam o calção luxuoso (*culotte*) dos nobres, mas calças simples. Lembrou-se de Ralf, o alfaiate da colônia, que ao receber uma encomenda dos revolucionários esfregara as mãos de contente, achando que pedidos não lhe faltariam: pois se estavam em farrapos!

Franz não via o irmão em parte alguma. Ia perguntar por ele, mas nesse momento Bento e o coronel Picucha estavam saindo do casarão. Criando coragem, aproximou-se dos dois:

– Coronel...

O estancieiro franziu a testa, mas em seguida se lembrou:

– Ah, o teu irmão. – E para Bento: – General, nosso amigo aqui vem da colônia, mas não para se juntar a nós. Está em busca do irmão dele, que aderiu a nossa gente e que se chama...

– Rudolph – completou Franz, ansioso.

– Isto. O senhor pode nos dizer algo a respeito?

Bento Gonçalves fitou demoradamente Franz: – Para que queres saber? – perguntou por fim. E, antes que Franz pudesse responder, continuou: – Queres convencer o teu irmão a voltar para casa. Achas que o lugar dele é junto à família, não é? Esqueces que estamos lutando também por vocês? Que a nossa causa é a do Rio Grande inteiro?

Franz não agüentou mais: começou a

soluçar. O coronel não dizia nada, Bento suspirou, colocou a mão no ombro do rapaz:

– Está bem. Não tens obrigação de aceitar meus argumentos. Quanto ao teu irmão, não está aqui. Nem o conheço. Talvez tenha se juntado ao grupo de Garibaldi.

– Garibaldi? – perguntou o coronel. – Não é aquele italiano que veio lutar com a gente?

– É. Há alguns estrangeiros com ele. O rapaz pode estar nesse grupo.

– E onde está o tal Garibaldi?

Bento Gonçalves hesitou.

– Bem, isto ainda é segredo, mas... Estamos nos preparando para atacar Santa Catarina. Hoje mesmo elaborei um manifesto ao povo de Lajes...

Tirou do bolso uma folha de papel e leu:

– "Fazei troar no meio de vossas montanhas o brado glorioso de vossa emancipação. Tudo concorre a irmanar-nos: sejamos um e o mesmo povo".

– Então – disse o coronel, entusiasmado –, estamos passando ao ataque!

– Exatamente. Os imperiais pensam que estamos derrotados. Terão a surpresa de ver a guerra explodir no território que julgam controlar. E, conquistando Laguna, teremos um porto no norte, de onde poderemos exportar nossas mercadorias.

Voltou-se para Franz:

– Garibaldi está indo para o norte, para Santa Catarina. É bom que o encontres antes que ele se afaste mais ainda. Vai.

Franz agradeceu efusivamente ao comandante farrapo e ao coronel Picucha. Já estava se afastando, quando Bento o chamou de volta:

– Vais a pé?

– Sim, senhor – respondeu Franz, surpreso.

Bento voltou-se para o ordenança:

– Arranja um cavalo para o moço. E também víveres e um poncho.

– Não sei... não sei como agradecer – disse Franz, a voz trêmula.

– Não tens o que agradecer. Quero apenas que sejas um bom cidadão da República Rio-Grandense. Que sejas leal conosco como fomos contigo.

O ordenança vinha vindo com o cavalo e os alforjes com mantimentos. Com alguma dificuldade, Franz montou e partiu.

V. Com Garibaldi

Franz seguiu para nordeste, pois, como lhe dissera Juvêncio quando estava se despedindo dele, se Garibaldi estava seguindo para Santa Catarina, a rota mais provável era a do litoral: mais curta, menos acidentada.

Andou dias e dias, avançando lentamente. Quando avistava imperiais, escondia-se; tinha bem presente os relatos que ouvira sobre colonos coagidos a se alistarem nas tropas do governo. Volta e meia encontrava sinais de guerra: esqueletos de cavalos, carretas queimadas e, encalhado na margem de um rio, o casco de um lanchão, furado por tiros de metralha. A ampla rede hidrográfica do Rio Grande facilitava o deslocamento de tropas por via fluvial e também os combates entre pequenas embarcações.

De Garibaldi, porém, nem sinal. Mas Franz tinha certeza de estar no rumo certo: tropeiros vindos do litoral falavam de uma grande movimentação dos capitaneados pelo revolucionário italiano. Prosseguiu, pois, cada vez mais excitado, porque agora o vento lhe trazia cheiro de mar, e as dunas começavam a aparecer.

Um dia, finalmente, avistou algo que lhe fez o coração bater mais forte: era um grande grupo, homens a pé e a cavalo, acompanhando o que, de início, lhe pareceram grandes carretas. Esperançoso ("Rudolph pode estar lá!"), correu naquela direção. Chegando mais perto, constatou, surpreso, que as enormes carretas eram, na realidade, barcos. Barcos sobre rodas! Nunca vira tal coisa. Barcos sobre rodas, puxados por dezenas de bois. De quem teria sido tal idéia? De Garibaldi: aqueles eram seus homens.

Como Franz ficou sabendo depois, ele resolvera trazer seus dois barcos – o Seival e o Farroupilha – por terra, evitando assim passar pela barra do Rio Grande, no Sul, bloqueada pelos imperiais.

Mãos erguidas, Franz aproximou-se:

– Amigo! Amigo!

Desconfiados, os farrapos revistaram-no

de alto a baixo. Por fim se convenceram: o coloninho era mesmo inofensivo.

Levado à presença do lendário revolucionário, Franz identificou-se e de imediato perguntou pelo irmão. Garibaldi – um homem de aparência imponente, de barba e bela cabeleira – abanou a cabeça; não, não sabia de nenhum Rudolph Schmidt. Mas aventou uma possibilidade (mais uma!):

– Talvez ele esteja com as tropas do Davi Canabarro, que também estão subindo. Vão atacar Laguna por terra e, se tudo der certo, nos encontraremos na cidade. Se quiseres ir conosco...

Franz aceitou. Que outra alternativa tinha? Era obrigado a seguir qualquer indício que pudesse levá-lo ao irmão. Incorporou-se, pois, ao grupo, que tinha como destino o rio Tramandaí, mais ao norte. Lá os barcos seriam postos a navegar e eles iriam, por mar, atacar Laguna.

Durante a longa marcha, Franz fez amizade com um rapaz um pouco mais velho que ele, um ex-seminarista chamado Floriano, que deixara a carreira religiosa para lutar ao lado dos farrapos. Magro, óculos de grossas lentes, nervoso, agitado, Floriano surpreendia Franz com suas opiniões sobre o conflito:

– Eles – o Bento Gonçalves, os outros – dizem que esta é uma guerra heróica do povo rio-grandense contra o governo central. Mas de qual Rio Grande falam? O Rio Grande do estancieiro ou o Rio Grande do peão? O Rio Grande do rico ou o Rio Grande do pobre? Conflitos sempre existiram em nossa terra, meu caro. E qual a razão desses conflitos? Riqueza. Poder.

E enumerava:

– Os portugueses disputavam aos espanhóis o controle da bacia do Prata. Por quê? Simples: por ali passava o minério – o nome já está dizendo, prata – que vinha de Potosi. Sabias disto?

Não, Franz não sabia. Floriano prosseguiu:

– E sabes por que os paulistas atacaram as missões jesuíticas? Porque queriam escravizar os índios. Como os holandeses dominavam as regiões africanas de onde vinham os escravos, eles precisavam recorrer à mão-de-obra indígena. Agora tu vais me dizer: sim, mas o Rio Grande não tem ouro, não tem uma população que possa ser escravizada. Por que a briga, então?

Depois de uma pausa, continuou:

– Aí o motivo é outro, Franz. O Rio Grande tem riqueza, sim. Tem o gado. E agora vê que coisa interessante: quando os paulistas destruíram as missões, o gado que lá existia espalhou-se pela província; era a *vacaria del mar*, como diziam então. O couro desse gado xucro passou a ser exportado, atraindo portugueses, ingleses – estes, muito espertos, já tinham um entreposto comercial no Prata –, paulistas. E, depois do couro, o charque, produzido pelos escravos africanos. Os proprietários enriqueceram, mas não o suficiente: consideram-se explorados pelo governo central e aí fazem a sua guerrilha. Usando gente humilde como carne para canhão.

Timidamente, Franz ponderava que não era bem isso o que observara. O coronel Picucha, por exemplo, tratava bem os seus homens, como se fossem iguais.

Floriano sorria, irônico:

– Na aparência, meu caro, na aparência. Mas, quando está brigando por seus interesses, o proprietário é quem manda. Dizem que o gaúcho é o centauro dos pampas. Lenda. O peão é homem pobre, mora num rancho no meio do campo, não é dono do cavalo que monta. Cavalo é coisa para grão-senhor, para quem, montado, olha o mundo de cima.

Franz ouvia, perplexo. Um dia, não se conteve e perguntou:

– Mas, afinal, por que deixaste o seminário e vieste lutar?

Floriano pensou um pouco antes de responder:

– Porque – disse por fim – há duas guerras aqui: a guerra dos estancieiros e a guerra dos peões. Eu vim lutar a guerra dos peões. Como Garibaldi, aliás. Nele, eu confio. É um revolucionário, um homem que quer mudar o mundo.

A 15 de julho de 1839, chegaram a Tramandaí debaixo de uma tremenda tempestade. Apesar disso, Garibaldi decidiu lançar os barcos à água. O *Farroupilha*, que ele próprio comandava, naufragou de imediato, com vários homens perecendo. Os sobreviventes se juntaram aos que estavam no *Seival*, e seguiram todos para Laguna. O *Catarinense*, lanchão imperial, tentou interceptá-los. Travou-se então uma batalha, curta, mas feroz. Para Franz foi uma experiência terrível: o estrondo dos

canhões, o zunir das balas, os incêndios, os gritos dos feridos, os mortos – um deles caiu mesmo a seu lado, varado pela metralha –, tudo aquilo aterrorizava-o. Em pânico, ia jogar-se ao mar, mas Floriano segurou-o:

– Ânimo, camarada! Agüenta mais um pouco!

Ele tinha razão. Logo a batalha terminava: sem munição, os imperiais abandonaram o lanchão, que incendiaram.

– Pronto – disse Floriano. – Tiveste teu batismo de fogo.

Franz sorriu debilmente – e desmaiou. Só com muitos baldes de água fria Floriano conseguiu reanimá-lo.

Os farrapos entraram triunfantes em Laguna. Ali, esperava-os, à frente de seus homens, Davi Canabarro, um homem de estatura baixa, corpulento, barba curta a emoldurar-lhe o rosto redondo. Impressionava o olhar: taciturno, feroz. Vestia uniforme de general, com grandes dragonas e enfeites dourados, o que contrastava com as roupas mais simples de Garibaldi. Foi um encontro de muita emoção, os homens se confraternizando e celebrando a vitória.

Em meio a tantos desconhecidos, Franz

procurou, angustiado, pelo rosto familiar de seu irmão, mas ele não estava ali.

Floriano ofereceu-se para ajudar e perguntou para várias pessoas sobre Rudolph. Ninguém o conhecia, mas um dos homens de Canabarro deu alguma esperança: estavam aguardando reforços, soldados recém-recrutados, e entre eles haveria um ou dois alemães de São Leopoldo.

– E quando chegarão? – indagou Franz, ansioso.

Para essa pergunta ele não tinha resposta. Dependia do tempo – estava chovendo muito – e de eventuais ataques dos imperiais.

– O melhor – aconselhou Floriano – é tu esperares aqui em Laguna.

Franz decidiu esperar e presenciou uma cena histórica: a 25 de julho daquele ano de 1839, Canabarro (de quem Floriano não gostava: "Não passa de um rico proprietário, está aqui por interesse") proclamou a República Juliana.

Garibaldi assumiu de imediato funções de governo. Durante o dia, despachava em Laguna; ao anoitecer, por prudência, voltava ao *Seival*, mas ficava observando a cidade através de sua luneta. Foi assim que o revolucionário italiano avistou pela primeira vez Ana Maria Ribeiro da Silva, a Anita, mulher do sapateiro Manuel Duarte de Aguiar. Floriano e Franz estavam com ele nessa tarde e ouviram-no murmurar:

– *Tu devi essere mia!*

Estava irremediavelmente apaixonado. Daí a conquistar Anita foi um passo. Passaram a viver juntos, para desgosto de Floriano, que considerava aquilo uma verdadeira traição à revolução; mal lhes dirigia a palavra, chegava a evitá-los:

– Pouca vergonha – resmungava. – O nosso ideal está em jogo, e eles ficam aí se esfregando pelos cantos. Pouca vergonha.

Franz não chegava a compartilhar de tal indignação, ao contrário, admirava tanto Anita que chegava a se sentir perturbado na presença daquela mulher bonita, vivaz, inteligente. Com uma moça assim gostaria de se casar, pensava.

Anita gostava dele, conversavam muito, ela contando sua vida em Laguna:

– Uma vidinha pachorrenta, Franz, nada acontecia, nada. Eu me dava bem com meu marido, mas confesso-te: não o amava. Passava os dias esperando – o quê? Nem eu sabia direi-

to. O encontro com Garibaldi foi uma revelação. De repente, tudo passou a ter sentido. Não há nada mais bonito do que a gente acreditar numa coisa e lutar por ela. Eu sei que tu estás com os farrapos por acaso, por assim dizer. Mas tu também tens um objetivo: queres encontrar teu mano e farás todos os sacrifícios para isso. Agora, a causa dos farrapos é muito maior. Eles querem mudar o Brasil; não querem mudar o mundo. Pelo menos é o que Garibaldi deseja. E o desejo dele é o meu desejo. Eu vou para onde ele for, a luta dele será a minha luta, a luta dos nossos companheiros.

Quanto a Garibaldi, era incrível o fascínio que exercia sobre os homens. Fascínio de que Franz compartilhava inteiramente. Quando o comandante falava, ficava a mirá-lo, boca aberta, com ar de adoração. Como Anita, Garibaldi gostava do rapaz e muitas vezes conversava com ele, contando suas aventuras de revolucionário.

– Nasci com a rebeldia no sangue – dizia, no seu pitoresco sotaque. – E nasci numa boa época para ser rebelde... Lutas por toda parte, na Alemanha, na Itália. O nosso herói era Mazzini, o criador de um movimento chamado Itália Jovem. Ele queria unificar o país e livrá-lo para sempre do domínio estrangeiro. Eu, naquela época, servia na marinha, numa fragata. Concebi um plano arrojado: junto com meus companheiros, tomaria conta do barco e me juntaria às forças de Mazzini. Mas fui descoberto e condenado à morte...

– E então? – Franz perguntou, mal contendo a ansiedade.

– Então? – Garibaldi ria. – Ora, rapaz, ainda não nasceu aquele que vai terminar com Garibaldi. Escapei e vim para cá – onde se luta pela liberdade, aí tenho o meu chão... Bem, mas aqui chegando fiquei sabendo que o comandante Bento Gonçalves estava preso. Consegui fazer contato com ele, ofereci meus serviços; autorizou-me a combater a Marinha imperial. Mobilizei homens, arrumei um pequeno navio que batizei de – adivinha! – *Mazzini* e saí pelo mar. Consegui capturar um barco maior, o *Luiza*, segui para o sul. Fui perseguido pelos uruguaios, entrei no Rio Grande... E eis-me aqui.

Era tamanha a admiração de Franz por Garibaldi que chegou a pensar em ficar combatendo ao lado dele; um lutador da liberdade era o que queria ser, um gaúcho de verdade.

Mas – e o irmão? Afinal, saíra de casa para procurá-lo. Teria o direito de abandonar Rudolph à sua própria sorte? Durante muitos dias o dilema o atormentou; e, pior, não tinha ninguém com quem pudesse falar a respeito. Floriano, que considerava seu amigo, afastara-se dele, magoado:

– Tu te juntaste ao traidor da revolução. Não quero mais saber de ti.

Franz resolveu então falar com o próprio Garibaldi. Não foi sem receio que o fez; afinal, o comandante não tinha obrigação de se envolver com problemas pessoais, poderia até se irritar. Mas ouviu em silêncio a longa história que Franz tinha para lhe contar e, ao final, ficou pensativo, o olhar perdido. Por fim, disse:

– Acho que deves procurar o teu irmão.

Franz sentiu-se enormemente aliviado e, para sua própria surpresa, desapontado. Esperava que Garibaldi lhe dissesse: não, rapaz, não vai, fica conosco, precisamos de ti para lutar ao nosso lado.

Ficou calado, sem saber o que dizer.

– Em que estás pensando? – perguntou Garibaldi, sorrindo. – Anda, desembucha, diz logo o que tens na cabeça.

Franz hesitou e por fim confessou:

– Sim, eu quero procurar o meu mano, mas também gostaria de me tornar revolucionário, de ter uma missão.

– Mas tu tens uma missão – retrucou Garibaldi. – Não vês? Tens uma missão, sim. A tua missão é encontrar Rudolph, voltar com ele para casa, trabalhar na terra.

O rapaz franziu a testa: não estaria Garibaldi debochando dele? Não estava.

– Eu conheço a gente da terra – prosseguiu o comandante, e Franz notou que seus olhos estavam úmidos. – Eu vivi entre eles e de certa forma sempre os invejei. Porque são corajosos; são verdadeiros heróis. Heroísmo não é só enfrentar o inimigo num combate; heroísmo é cultivar a terra quando essa terra não é nossa e nos pode ser tirada a qualquer momento. Heroísmo é enfrentar as incertezas da colheita, é consolar os nossos filhos quando eles choram de fome. Sair para brigar qualquer um pode fazer, mas ficar em casa, batalhar pela vida, não é para todos. Volta para casa, Franz. Procura teu irmão e volta para casa com ele.

– Tu achas mesmo?

– Claro que sim – disse Garibaldi, rindo.

– E agora vamos comer, o churrasco deve estar pronto.

Por sugestão de Garibaldi, Franz decidiu aguardar mais um tempo para ver se o irmão estava entre os reforços que chegariam do sul. Se tal não acontecesse, voltaria ao Rio Grande, para procurar Rudolph lá.

O Vermelho não apareceu, mas ele não pôde partir: os imperiais estavam atacando de novo, comandados por John Pascoe Grenfell, experiente militar britânico contratado pelo governo.

Em novembro, travou-se o combate decisivo. Davi Canabarro chefiava as forças de terra, e Garibaldi, a reduzida esquadra de pequenas embarcações. Grenfell dispunha, por sua vez, de quatorze navios, dos quais vários eram canhoneiros. Franz estava na escuna *Rio Pardo*, com Garibaldi. Vendo que a luta estava perdida, o comandante mandou atear fogo ao barco. Anita levou para terra o armamento que podia ser carregado numa canoa; despedindo-se de Franz, deu-lhe um beijo e desejou-lhe felicidades.

Como os outros, o rapaz saltou à água;

pretendia nadar até a praia e então fugir. Mas tão logo chegou à margem deu de cara com um destacamento de imperiais, que o aprisionaram e o levaram direto para Grenfell, que estava em sua barraca.

O comandante mirou-o com curiosidade:

– Que faz um coloninho aqui, no meio dos farrapos? – perguntou, no seu carregado sotaque britânico.

Franz explicou que não era um combatente e que, na verdade, procurava o irmão.

– Hum – fez Grenfell, ainda desconfiado. Pensou um pouco e continuou: – Você sabe o que quer essa gente, os farrapos?

– Bem, acho que eles querem... a independência...

– Você não sabe – atalhou Grenfell, impaciente. – Pois eu vou lhe explicar. Preste atenção: esses homens querem se separar do Brasil. É isso que eles querem. É uma história que já vem de muito tempo. Esse homem, esse Bento Gonçalves – que para mim não passa de um contrabandista de gado –, já andou conspirando com aquele caudilho uruguaio, o Lavalleja. Agora, se o Brasil pretende se tornar um país grande, menino, se ele quer se tornar uma potência como a Grã-Bretanha, tem de ficar unido e acabar com esses movimentos separatistas que volta e meia surgem aqui e ali. Mesmo porque, atrás desses movimentos, sempre existem os espertos: pensam que, abandonando a União, se livrarão das regiões mais pobres. Tolice. O rico de hoje pode ser o pobre de amanhã. O Nordeste já foi opulento, hoje não é mais – mas pode voltar a ser. O separatismo, rapaz, é pior que um crime, é uma tolice. Eu sei do que estou falando: já servi no Rio Grande, já tentei fazer papel de conciliador. Foi inútil. Meteram na cabeça essa idéia de república e, enquanto não forem arrasados, não pararão. Essa gente só entende o argumento da força. É por isso que o governo me pede para agir com energia. Entendeu?

Vendo o rosto assustado de Franz, o comandante não esperou resposta:

– Não, você não está entendendo nada. Mas não importa, você não precisa entender. Olhe: eu podia fuzilá-lo, sabe? Sumariamente. Sou pago para isso, para acabar com os rebeldes. Mas vou poupá-lo. Com a condição de que volte para casa e não se meta mais em brigas que não são suas. Se eu encontrá-lo em qual-

quer lugar do Rio Grande que não seja a colônia, mato você na hora, ouviu? Agora, suma daqui. Desapareça.

6. A volta ao lar

Franz se via assim num dilema. O que fazer? Continuar a busca e correr o risco de ser executado? Ou prosseguir de qualquer forma?

Decidiu voltar para casa e consultar os pais. Confessaria seu fracasso e deixaria nas mãos deles a decisão. Se quisessem, ele voltaria a percorrer os caminhos do Rio Grande. A verdade é que sentia necessidade de ver sua gente, de retemperar-se no cálido ambiente do lar. E, assim, voltou para o Rio Grande.

Caminhou durante semanas, mas dessa vez estava no rumo certo: para alguma coisa servia a sua experiência de andarilho. Passou por Porto Alegre, sem entrar na cidade, e seguiu na direção de São Leopoldo. O verão chegara e, caminhando pela estrada que levava à colônia,

Franz sentia muito calor. Avistou uma vendinha (um "bolicho", na expressão dos gaúchos), entrou e pediu um copo d'água.

O dono da venda, um homem gordo, careca, de longos bigodes, observava-o.

– Tu és alemão? – perguntou, por fim.

– Sou – respondeu Franz. E acrescentou: – Alemão e gaúcho. Combati com os farrapos.

O homem não parecia muito interessado na guerra; queria saber se Franz não tinha esquecido o alemão, se ainda falava bem.

– Falo. Por quê?

– Porque talvez tu possas ajudar um vizinho meu. Ele tem um empregado, alemão como tu, que apareceu ninguém sabe de onde. Bom trabalhador, quieto, mas nos últimos tempos parece que não anda muito bem da cabeça. Fica num canto, isolado, e passa o dia todo resmungando em alemão. O meu vizinho queria avisar a família... Vamos lá, pode ser que tu te entendas com a criatura.

Depois de caminharem quase um quilômetro, os dois entraram num sítio.

– Seu Teodósio! Ô, seu Teodósio! – chamou o dono da venda, mas ninguém respondeu.

Ele fez então sinal a Franz para que o acompanhasse, e dirigiram-se a um galpão de madeira. O homem abriu a porta:

– Tem visita pra ti, amigo.

Num canto do galpão, viram a figura de um rapaz encolhido. Aos poucos ele foi levantando a cabeça, até que seu olhar vazio os fixou. Franz sentiu um choque: era Rudolph. Estava quase irreconhecível: magro, curvado, os cabelos e a barba crescidos. Franz aproximou-se dele e o abraçou, a custo contendo as lágrimas. O dono da venda olhava sem entender:

– Ué, mas então vocês se conhecem?

– É meu irmão – respondeu Franz, a voz embargada. – Um irmão que eu não via há muito tempo.

– Bem – disse o homem –, neste caso, vou deixar vocês aí conversando.

E saiu. Por uns minutos os dois irmãos ficaram em silêncio. Então Rudolph começou a falar. Era uma história confusa, a que ele contava. Aos poucos, porém, Franz foi reconstituindo a trajetória dele: saindo de casa, o irmão se juntara aos farrapos. Servira sob vários comandos, mas nunca havia chegado a lutar:

– Eu tinha medo – confessou, lágrimas

nos olhos. – Muito medo, mano. Quando as balas começavam a zunir, quando vinha a carga de cavalaria, aqueles gritos medonhos, eu simplesmente largava tudo e fugia. Tentei várias vezes, Franz. Deus é testemunha de que tentei. Mas acabei desistindo. Só que... tive vergonha de voltar para casa, vergonha de retornar como um covarde, um cachorro fujão, de rabo entre as pernas.

Com pena dele, o dono do sítio, que era ligado aos farrapos, oferecera-lhe casa e comida, em troca de trabalho. E Rudolph foi ficando. Mas então começou a ter problemas: ouvia vozes, tinha alucinações em que via soldados com medonhos ferimentos correndo pelo campo. Não queria mais sair do galpão em que dormia, e, por fim, já nem falava com as pessoas.

Ficaram um tempo em silêncio, os dois, de pé, olhando-se. Finalmente, Franz colocou a mão no ombro do irmão. Em outras circunstâncias, não se atreveria a tanto; sabia que a Rudolph desgostavam manifestos de intimidade. Mas as coisas haviam mudado, ele já não era o irmão mais jovem; era um homem, ajudando alguém que precisava da sua ajuda.

– Vamos – disse, simplesmente.

E assim voltaram para casa. A família e os vizinhos os receberam com grande emoção, e logo foi organizada uma festa, com muito churrasco e cerveja.

Aos poucos, Rudolph foi se recuperando; ainda traumatizado, chorava facilmente, mas voltou a trabalhar. Arar a terra, semear, colher eram para ele um conforto.

Passaram-se seis anos. Em 1845, a guerra terminou com a rendição dos farrapos, e a vida retomou seu curso normal. Franz conheceu uma moça de São Leopoldo, apaixonou-se por ela e logo se casaram. Ao primeiro filho, quis dar o nome de Garibaldi, mas sua mulher não concordou, disse que o menino se chamaria Johann, como o avô. Ela era uma mulher de faca na bota, como diziam os gaúchos, e sabia impor sua vontade: Johann ficou. Johann Schmidt Neto.

Para padrinho, foi escolhido Rudolph. Surpreendendo a todos, revelou-se terno e dedicado; não só confeccionava brinquedos para o afilhado como também, às vezes, passava o dia contando-lhe histórias.

– Conta de novo como foi a Guerra dos Farrapos – pedia o menino.

E então Rudolph descrevia um ataque aos imperiais. Falava, falava, até que o garoto, cansado, adormecia.

Uma vez a mulher de Franz protestou:

– Tu enches a cabeça dele com tuas fantasias. Isto não está certo.

– Mas afinal – replicou Rudolph –, quem sabe o que é fantasia e o que é realidade? Eu não sei. Tu sabes, Franz?

– Não – respondeu o irmão, enquanto tirava a chaleira do fogo e cevava o mate. – Mas sei que o amarguinho é uma coisa muito boa. E é o quanto me basta. Chega de guerra, Rudolph. Vamos ao chimarrão.

Fim

Anexos

O HOMEM E A TERRA

Não é apenas o gaúcho típico – termo inicialmente pejorativo, designando o descendente de índios, espanhóis ou portugueses – o habitante do Rio Grande do Sul na época da Revolução Farroupilha. Durante todo o século 19, se dirigiram àquela parte do País, em especial sua parte norte, região montanhosa e pouco favorável à criação de gado, os primeiros imigrantes europeus: alemães, italianos, eslavos. Eles abandonavam uma Europa convulsionada pela profunda transformação econômica gerada pela Revolução Industrial e por violentos conflitos armados, em especial as lutas pela unificação na Alemanha e na Itália.

Os imigrantes europeus pretendiam, assim, recomeçar a vida em terras brasileiras. Formaram pequenas propriedades no Rio Grande do Sul, introduzindo a criação de suínos, o cultivo do milho, do trigo, da uva. Desenvolveram também alguns tipos de indústria e de manufatura: móveis, calçados, objetos de utilidade doméstica. Até hoje, muitos dos produtos implantados na região são itens importantes no conjunto das exportações brasileiras.

A Revolução Farroupilha atingiu, dentre os imigrantes, principalmente os alemães. Alguns deles aderiram aos farrapos; outros se mantiveram fiéis ao governo imperial. Muitos, porém, preferiram não se envolver, marcados que estavam pelo sofrimento experimentado nas regiões de origem, mergulhadas em sérios problemas sociais e políticos.

O líder farroupilha Bento Gonçalves quando jovem. Ele combateu ao lado dos farrapos desde o início, chegando a ser presidente da República de Piratini. Morreu dois anos depois de eleito.

OS FARRAPOS E A POLÍTICA

Tudo indica que a expressão "farroupilha", usada para designar as pessoas que andavam vestidas de farrapos, começou a ser utilizada – nos meios políticos – bem antes da revolução gaúcha, e muito distante do Rio Grande do Sul.

Garibaldi

O apelido, de caráter depreciativo, já que se referia às pessoas pobres, malvestidas, foi aplicado ao médico e político baiano Cipriano Barata, pelas roupas rústicas de linho e pelo chapéu nordestino de abas largas que colocava para irritar os deputados portugueses quando representava a colônia em Lisboa. Isto aconteceu no começo da década de 20 do século 19.

No Sul, na província do Rio Grande, "farroupilhas" ou "farrapos" foi a palavra usada para nomear os políticos que buscavam plena autonomia – e, por isso, eram também conhecidos como "liberais exaltados" –, embora não pretendessem de início separar a província do Império brasileiro. Seus principais líderes pertenciam à elite rural e haviam recebido influência das idéias republicanas correntes nas jovens repúblicas vizinhas: Uruguai, Argentina e Paraguai.

As reivindicações básicas dos farroupilhas eram: a escolha do presidente da província (até então sempre nomeado pelo governo imperial); que os impostos arrecadados dentro da própria província nela permanecessem; maior autonomia para os municípios; adoção para o país de uma monarquia federativa, ou seja, que representasse os interesses de todas as províncias federadas.

Em setembro de 1835, o objetivo imediato do movimento farroupilha era depor o presidente da província, Antônio Rodrigues Fernandes Braga, nomeado pelo governo imperial e responsável por um novo imposto sobre a propriedade rural que afetou diretamente a elite pecuarista. Esse novo imposto, calculado por légua de terra, foi considerado intolerável pelos estancieiros, que reagiram.

Bento Gonçalves, um dos mais destacados deles, também comandante da Guarda Nacional do Rio Grande do Sul, foi acusado por Antônio Braga de pretender separar o Rio Grande do Império.

Naquele mês de 1835, começava a Revolução Farroupilha, com tropas revolucionárias entrando em Porto Alegre. Braga acabou fugindo, e o regente Feijó nomeou então em seu lugar José de Araújo Ribeiro, primo do líder Bento Gonçalves.

Feijó – mesmo pressionado pelo Parlamento Nacional – não enviou tropas para liquidar os revoltosos, preferindo negociar. Acusado de cumplicidade, renunciou ao seu mandato em 1837. Nesse meio tempo, em 11 de setembro de 1836, fora proclamada a chamada República Rio-Grandense, com capital em Piratini.

Três anos depois, em 1839, Davi Canabarro e o italiano Giuseppe Garibaldi fundaram – com a participação dos farroupilhas – em Laguna, Santa Catarina, a República Juliana, confederada à República Rio-Grandense.

A Revolução Farroupilha durou praticamente dez anos. Teve fim em 1845, quando Caxias propôs, em nome do Governo, uma "paz honrosa" aos revolucionários, encerrando dessa forma o mais longo conflito da História brasileira.

O fim da revolução não significou, no entanto, o fim do poder dos estancieiros na região. Os principais líderes foram anistiados, a Assembléia Provincial foi fortalecida, impostos foram diminuídos, oficiais farroupilhas foram incorporados ao exército do Império, os escravos que lutaram ao lado dos revoltosos foram libertados e as propriedades confiscadas ou ocupadas durante a guerra foram devolvidas.

CHARQUE: FONTE DE RIQUEZA

A ocupação do território que hoje corresponde ao Estado do Rio Grande do Sul foi feita graças à pecuária, com a carne sendo comercializada sob a forma de charque: mantas de carne salgada expostas ao sol, que se conservavam por muito tempo e permitiam a sua exportação para outras regiões. No Brasil, a principal região produtora de charque era o Nordeste, mas ali os rebanhos não eram muito grandes, e a criação era, com freqüência, prejudicada por secas severas.

A partir do século 18, os portugueses expandiram sua presença em direção ao sul do continente, conquistando o Rio Grande. Para isso, desalojaram os índios e os jesuítas de suas estâncias, apoderando-se da terra e do gado das missões, implantadas desde o século anterior pelos religiosos, bem como da zona da Campanha, de excelentes pastagens naturais. A presença portuguesa atingiu o Uruguai, através de constantes lutas.

Dessa forma, em 1821, o Rio Grande já era o principal produtor de charque do país, atendendo inclusive o Nordeste açucareiro e o Sudeste cafeicultor. Nessa época, Pelotas era o mais importante pólo aglutinador da produção. Muito rica, a cidade promovia constantes eventos culturais, como a apresentação de companhias líricas vindas da Europa.

Para dinamizar a produção, havia sido intensificado o uso da mão-de-obra escrava de origem africana. O escravo cuidava de quase tudo nas estâncias de gado: ele era carneador, servente, salgador, tropeiro, cozinheiro, alfaiate, carpinteiro, descarnador, pedreiro, campeiro etc. E tudo se aproveitava do gado abatido: o couro, o sebo, a carne, os ossos.

Porém, vários fatores passaram a prejudicar os produtores gaúchos de charque. Um deles foi a perda da região do Uruguai com o final da Guerra Cisplatina, pois o gado uruguaio era muito importante para a produção. Outro foi o alto preço do sal importado da região de Cádiz, na Espanha, encarecendo o produto gaúcho. Outro, ainda, foi o desenvolvimento da produção platina de charque, apoiada pelo governo daquela região, que isentava de taxas a importação do sal da Espanha.

O charque platino chegava a várias regiões do Brasil, como o Nordeste, a preços mais baixos do que o gaúcho, e por isso os produtores brasileiros começaram a reclamar dos impostos e da falta de apoio do governo imperial à principal atividade econômica da província.

Esse descontentamento foi se agravando às vésperas da Revolução Farroupilha e acabou se transformando numa das principais motivações de revolta dos rio-grandenses.

Cronologia

1680 No primeiro dia do ano, os portugueses fundam a Colônia do Sacramento, na margem direita do estuário do Prata, consolidando sua presença na região.

1715 O Tratado de Utrecht, firmado a 6 de fevereiro, confirma o rio da Prata como fronteira meridional do Brasil.

1760 Uma carta régia datada de setembro transforma em "governo sujeito ao Rio de Janeiro a comandância militar de Rio Grande de São Pedro". Nasce assim a província do Rio Grande do Sul.

1828 A província Cisplatina, que passaria a ser o Uruguai, torna-se independente do Império brasileiro.

1835 Começa a Revolução Farroupilha, ou Guerra dos Farrapos, em 20 de setembro, quando tropas rebeldes, comandadas por Onofre Pires e Gomes Jardim, tomam a cidade de Porto Alegre.

A 19 de outubro, numa tentativa conciliadora, o governo central substitui o presidente da província.

1836 No dia 23 de agosto, Porto Alegre é retomada pelos legalistas, tropas da província que apoiavam o governo imperial. No dia 10 de setembro, os farroupilhas, sob o comando de Antônio Neto, derrotam os legalistas na batalha de Seival. No dia seguinte, é proclamada a República Rio-Grandense. Na ilha do Fanfa, a 4 de outubro, os rebeldes são vencidos pelos legalistas. Bento Gonçalves e outros chefes são presos.

1837 Em dezembro, depois de fugir da prisão, Bento Gonçalves assume a presidência da República Rio-Grandense, em Piratini.

1838 Em maio, os farroupilhas entram na cidade de Lajes, em Santa Catarina, ampliando o território em guerra.

1839 A 25 de julho, sob o comando de Giuseppe Garibaldi e Davi Canabarro, os farroupilhas tomam Laguna. Proclamam ali a República Catarinense, também chamada de Juliana. Em novembro, os imperiais derrotam os farroupilhas em Laguna, pondo fim à efêmera república.

1842 Em novembro, o barão de Caxias torna-se comandante supremo do Exército Imperial. Começam as operações militares em grande escala e que levarão à derrocada farroupilha.

As divisões internas dos farrapos contribuem para isso.

1845 Em 28 de fevereiro é assinado, em Ponche Verde, o tratado de paz.

1847 No dia 18 de julho, Bento Gonçalves morre em Pedras Brancas, aos 59 anos.

Bibliografia

CARDOSO, Fernando Henrique. *Capitalismo e escravidão no Brasil Meridional.* São Paulo: Difel, 1969.

CÉSAR, Guilhermino. *História do Rio Grande do Sul.* Porto Alegre: Globo, 1986.

FLORES, Moacyr. *Modelo político dos farrapos.* Porto Alegre: Universidade Federal do Rio Grande do Sul, 1990.

LAYTANO, Dante de. *História da República Rio-grandense.* Porto Alegre: Globo, 1936.

LEITMAN, Spencer. *Raízes socioeconômicas da Guerra dos Farrapos.* Rio de Janeiro: Graal, 1979.

MACEDO, Francisco Riopardense de. *Bento Gonçalves.* Porto Alegre: Instituto Estadual do Livro, 1990.

PESAVENTO, Sandra Jatahy. *A Revolução Farroupilha.* São Paulo, Brasiliense, 1985.

DACANAL, José Hildebrando. (org.). *A Revolução Farroupilha: História e interpretação.* Porto Alegre: Mercado Aberto, 1985.

REVERBEL, Carlos. *O gaúcho.* Porto Alegre: L&PM, 1986.

RODRIGUES, José H. *O continente do Rio Grande.* São Paulo, Brasiliense, 1986.

SPALDING, Walter. *A Revolução Farroupilha.* Brasília: Universidade de Brasília, 1982.

VELLINHO, Moysés. *Capitania d'El Rey.* Porto Alegre: Globo, 1964.

Coleção **L&PM** POCKET (LANÇAMENTOS MAIS RECENTES)

257.**Viva o Alegrete** – Sergio Faraco
258.**Vou estar esperando** – R. Chandler
259.**A senhora Beate e seu filho** – Schnitzler
260.**O ovo apunhalado** – Caio Fernando Abreu
261.**O ciclo das águas** – Moacyr Scliar
262.**Millôr Definitivo** – Millôr Fernandes
264.**Viagem ao centro da Terra** – Júlio Verne
265.**A dama do lago** – Raymond Chandler
266.**Caninos brancos** – Jack London
267.**O médico e o monstro** – R. L. Stevenson
268.**A tempestade** – William Shakespeare
269.**Assassinatos na rua Morgue** – E. Allan Poe
270.**99 corruíras nanicas** – Dalton Trevisan
271.**Broquéis** – Cruz e Sousa
272.**Mês de cães danados** – Moacyr Scliar
273.**Anarquistas – vol. 1 – A idéia** – G. Woodcock
274.**Anarquistas – vol. 2 – O movimento** – G. Woodcock
275.**Pai e filho, filho e pai** – Moacyr Scliar
276.**As aventuras de Tom Sawyer** – Mark Twain
277.**Muito barulho por nada** – W. Shakespeare
278.**Elogio da loucura** – Erasmo
279.**Autobiografia de Alice B. Toklas** – G. Stein
280.**O chamado da floresta** – J. London
281.**Uma agulha para o diabo** – Ruth Rendell
282.**Verdes vales do fim do mundo** – A. Bivar
283.**Ovelhas negras** – Caio Fernando Abreu
284.**O fantasma de Canterville** – O. Wilde
285.**Receitas de Yayá Ribeiro** – Celia Ribeiro
286.**A galinha degolada** – H. Quiroga
287.**O último adeus de Sherlock Holmes** – A. Conan Doyle
288.**A. Gourmet *em* Histórias de cama & mesa** – J. A. Pinheiro Machado
289.**Topless** – Martha Medeiros
290.**Mais receitas do Anonymus Gourmet** – J. A. Pinheiro Machado
291.**Origens do discurso democrático** – D. Schüler
292.**Humor politicamente incorreto** – Nani
293.**O teatro do bem e do mal** – E. Galeano
294.**Garibaldi & Manoela** – J. Guimarães
295.**10 dias que abalaram o mundo** – John Reed
296.**Numa fria** – Charles Bukowski
297.**Poesia de Florbela Espanca** vol. 1
298.**Poesia de Florbela Espanca** vol. 2
299.**Escreva certo** – E. Oliveira e M. E. Bernd
300.**O vermelho e o negro** – Stendhal
301.**Ecce homo** – Friedrich Nietzsche
302(7).**Comer bem, sem culpa** – Dr. Fernando Lucchese, A. Gourmet e Iotti
303.**O livro de Cesário Verde** – Cesário Verde
305.**100 receitas de macarrão** – S. Lancellotti
306.**160 receitas de molhos** – S. Lancellotti
307.**100 receitas light** – H. e Â. Tonetto
308.**100 receitas de sobremesas** – Celia Ribeiro
309.**Mais de 100 dicas de churrasco** – Leon Diziekaniak
310.**100 receitas de acompanhamentos** – C. Cabeda
311.**Honra ou vendetta** – S. Lancellotti
312.**A alma do homem sob o socialismo** – Oscar Wilde
313.**Tudo sobre Yôga** – Mestre De Rose
314.**Os varões assinalados** – Tabajara Ruas
315.**Édipo em Colono** – Sófocles
316.**Lisístrata** – Aristófanes / trad. Millôr
317.**Sonhos de Bunker Hill** – John Fante
318.**Os deuses de Raquel** – Moacyr Scliar
319.**O colosso de Marússia** – Henry Miller
320.**As eruditas** – Molière / trad. Millôr
321.**Radicci 1** – Iotti
322.**Os Sete contra Tebas** – Ésquilo
323.**Brasil Terra à vista** – Eduardo Bueno
324.**Radicci 2** – Iotti
325.**Júlio César** – William Shakespeare
326.**A carta de Pero Vaz de Caminha**
327.**Cozinha Clássica** – Sílvio Lancellotti
328.**Madame Bovary** – Gustave Flaubert
329.**Dicionário do viajante insólito** – M. Scliar
330.**O capitão saiu para o almoço...** – Bukowski
331.**A carta roubada** – Edgar Allan Poe
332.**É tarde para saber** – Josué Guimarães
333.**O livro de bolso da Astrologia** – Maggy Harrisonx e Mellina Li
334.**1933 foi um ano ruim** – John Fante
335.**100 receitas de arroz** – Aninha Comas
336.**Guia prático do Português correto – vol. 1** – Cláudio Moreno
337.**Bartleby, o escriturário** – H. Melville
338.**Enterrem meu coração na curva do rio** – Dee Brown
339.**Um conto de Natal** – Charles Dickens
340.**Cozinha sem segredos** – J. A. P. Machado
341.**A dama das Camélias** – A. Dumas Filho
342.**Alimentação saudável** – H. e Â. Tonetto
343.**Continhos galantes** – Dalton Trevisan
344.**A Divina Comédia** – Dante Alighieri
345.**A Dupla Sertanojo** – Santiago
346.**Cavalos do amanhecer** – Mario Arregui
347.**Biografia de Vincent van Gogh por sua cunhada** – Jo van Gogh-Bonger
348.**Radicci 3** – Iotti
349.**Nada de novo no front** – E. M. Remarque
350.**A hora dos assassinos** – Henry Miller
351.**Flush - Memórias de um cão** – Virginia Woolf
352.**A guerra no Bom Fim** – M. Scliar
353(1).**O caso Saint-Fiacre** – Simenon
354(2).**Morte na alta sociedade** – Simenon
355(3).**O cão amarelo** – Simenon
356(4).**Maigret e o homem do banco** – Simenon
357.**As uvas e o vento** – Pablo Neruda
358.**On the road** – Jack Kerouac
359.**O coração amarelo** – Pablo Neruda
360.**Livro das perguntas** – Pablo Neruda
361.**Noite de Reis** – William Shakespeare
362.**Manual de Ecologia** – vol.1 – J. Lutzenberger
363.**O mais longo dos dias** – Cornelius Ryan
364.**Foi bom prá você?** – Nani
365.**Crepusculário** – Pablo Neruda
366.**A comédia dos erros** – Shakespeare
367(5).**A primeira investigação de Maigret** – Simenon

368(6).**As férias de Maigret** – Simenon
369.**Mate-me por favor (vol.1)** – L. McNeil
370.**Mate-me por favor (vol.2)** – L. McNeil
371.**Carta ao pai** – Kafka
372.**Os vagabundos iluminados** – J. Kerouac
373(7).**O enforcado** – Simenon
374(8).**A fúria de Maigret** – Simenon
375.**Vargas, uma biografia política** – H. Silva
376.**Poesia reunida (vol.1)** – A. R. de Sant'Anna
377.**Poesia reunida (vol.2)** – A. R. de Sant'Anna
378.**Alice no país do espelho** – Lewis Carroll
379.**Residência na Terra 1** – Pablo Neruda
380.**Residência na Terra 2** – Pablo Neruda
381.**Terceira Residência** – Pablo Neruda
382.**O delírio amoroso** – Bocage
383.**Futebol ao sol e à sombra** – E. Galeano
384(9).**O porto das brumas** – Simenon
385(10).**Maigret e seu morto** – Simenon
386.**Radicci 4** – Iotti
387.**Boas maneiras & sucesso nos negócios** – Celia Ribeiro
388.**Uma história Farroupilha** – M. Scliar
389.**Na mesa ninguém envelhece** – J. A. P. Machado
390.**200 receitas inéditas do Anonymus Gourmet** – J. A. Pinheiro Machado
391.**Guia prático do Português correto – vol.2** – Cláudio Moreno
392.**Breviário das terras do Brasil** – Assis Brasil
393.**Cantos Cerimoniais** – Pablo Neruda
394.**Jardim de Inverno** – Pablo Neruda
395.**Antonio e Cleópatra** – William Shakespeare
396.**Tróia** – Cláudio Moreno
397.**Meu tio matou um cara** – Jorge Furtado
398.**O anatomista** – Federico Andahazi
399.**As viagens de Gulliver** – Jonathan Swift
400.**Dom Quixote – v.1** – Miguel de Cervantes
401.**Dom Quixote – v.2** – Miguel de Cervantes
402.**Sozinho no Pólo Norte** – Thomaz Brandolin
403.**Matadouro 5** – Kurt Vonnegut
404.**Delta de Vênus** – Anaïs Nin
405.**O melhor de Hagar 2** – Dik Browne
406.**É grave Doutor?** – Nani
407.**Orai pornô** – Nani
408(11).**Maigret em Nova York** – Simenon
409(12).**O assassino sem rosto** – Simenon
410(13).**O mistério das jóias roubadas** – Simenon
411.**A irmãzinha** – Raymond Chandler
412.**Três contos** – Gustave Flaubert
413.**De ratos e homens** – John Steinbeck
414.**Lazarilho de Tormes** – Anônimo do séc. XVI
415.**Triângulo das águas** – Caio Fernando Abreu
416.**100 receitas de carnes** – Sílvio Lancellotti
417.**Histórias de robôs: vol.1** – org. Isaac Asimov
418.**Histórias de robôs: vol.2** – org. Isaac Asimov
419.**Histórias de robôs: vol.3** – org. Isaac Asimov
420.**O país dos centauros** – Tabajara Ruas
421.**A república de Anita** – Tabajara Ruas
422.**A carga dos lanceiros** – Tabajara Ruas
423.**Um amigo de Kafka** – Isaac Singer
424.**As alegres matronas de Windsor** – Shakespeare
425.**Amor e exílio** – Isaac Bashevis Singer
426.**Use & abuse do seu signo** – Marília Fiorillo e Marylou Simonsen
427.**Pigmaleão** – Bernard Shaw
428.**As fenícias** – Eurípides
429.**Everest** – Thomaz Brandolin
430.**A arte de furtar** – Anônimo do séc. XVI
431.**Billy Bud** – Herman Melville
432.**A rosa separada** – Pablo Neruda
433.**Elegia** – Pablo Neruda
434.**A garota de Cassidy** – David Goodis
435.**Como fazer a guerra: máximas de Napoleão** – Balzac
436.**Poemas escolhidos** – Emily Dickinson
437.**Gracias por el fuego** – Mario Benedetti
438.**O sofá** – Crébillon Fils
439.**O "Martín Fierro"** – Jorge Luis Borges
440.**Trabalhos de amor perdidos** – W. Shakespeare
441.**O melhor de Hagar 3** – Dik Browne
442.**Os Maias (volume1)** – Eça de Queiroz
443.**Os Maias (volume2)** – Eça de Queiroz
444.**Anti-Justine** – Restif de La Bretonne
445.**Juventude** – Joseph Conrad
446.**Contos** – Eça de Queiroz
447.**Janela para a morte** – Raymond Chandler
448.**Um amor de Swann** – Marcel Proust
449.**À paz perpétua** – Immanuel Kant
450.**A conquista do México** – Hernan Cortez
451.**Defeitos escolhidos & 2000** – Pablo Neruda
452.**O casamento do céu e do inferno** – William Blake
453.**A primeira viagem ao redor do mundo** – Antonio Pigafetta
454(14).**Uma sombra na janela** – Simenon
455(15).**A noite da encruzilhada** – Simenon
456(16).**A velha senhora** – Simenon
457.**Sartre** – Annie Cohen-Solal
458.**Discurso do método** – René Descartes
459.**Garfield em grande forma (1)** – Jim Davis
460.**Garfield está de dieta** (2) – Jim Davis
461.**O livro das feras** – Patricia Highsmith
462.**Viajante solitário** – Jack Kerouac
463.**Auto da barca do inferno** – Gil Vicente
464.**O livro vermelho dos pensamentos de Millôr** – Millôr Fernandes
465.**O livro dos abraços** – Eduardo Galeano
466.**Voltaremos!** – José Antonio Pinheiro Machado
467.**Rango** – Edgar Vasques
468(8).**Dieta mediterrânea** – Dr. Fernando Lucchese e José Antonio Pinheiro Machado
469.**Radicci 5** – Iotti
470.**Pequenos pássaros** – Anaïs Nin
471.**Guia prático do Português correto – vol.3** – Cláudio Moreno
472.**Atire no pianista** – David Goodis
473.**Antologia Poética** – García Lorca
474.**Alexandre e César** – Plutarco
475.**Uma espiã na casa do amor** – Anaïs Nin
476.**A gorda do Tiki Bar** – Dalton Trevisan
477.**Garfield um gato de peso (3)** – Jim Davis
478.**Canibais** – David Coimbra
479.**A arte de escrever** – Arthur Schopenhauer
480.**Pinóquio** – Carlo Collodi
481.**Misto-quente** – Charles Bukowski
482.**A lua na sarjeta** – David Goodis
483.**O melhor do Recruta Zero (1)** – Mort Walker
484.**Aline 2** – Adão Iturrusgarai

485.**Sermões do Padre Antonio Vieira**
486.**Garfield numa boa (4)** – Jim Davis
487.**Mensagem** – Fernando Pessoa
488.**Vendeta** ***seguido de*** **A paz conjugal** – Balzac
489.**Poemas de Alberto Caeiro** – Fernando Pessoa
490.**Ferragus** – Honoré de Balzac
491.**A duquesa de Langeais** – Honoré de Balzac
492.**A menina dos olhos de ouro** – Honoré de Balzac
493.**O lírio do vale** – Honoré de Balzac
494(17).**A barcaça da morte** – Simenon
495(18).**As testemunhas rebeldes** – Simenon
496(19).**Um engano de Maigret** – Simenon
497(1).**A noite das bruxas** – Agatha Christie
498(2).**Um passe de mágica** – Agatha Christie
499(3).**Nêmesis** – Agatha Christie
500.**Esboço para uma teoria das emoções** – Sartre
501.**Renda básica de cidadania** – Eduardo Suplicy
502(1).**Pílulas para viver melhor** – Dr. Lucchese
503(2).**Pílulas para prolongar a juventude** – Dr. Lucchese
504(3).**Desembarcando o Diabetes** – Dr. Lucchese
505(4).**Desembarcando o Sedentarismo** – Dr. Fernando Lucchese e Cláudio Castro
506(5).**Desembarcando a Hipertensão** – Dr. Lucchese
507(6).**Desembarcando o Colesterol** – Dr. Fernando Lucchese e Fernanda Lucchese
508.**Estudos de mulher** – Balzac
509.**O terceiro tira** – Flann O'Brien
510.**100 receitas de aves e ovos** – J. A. P. Machado
511.**Garfield em toneladas de diversão** (5) – Jim Davis
512.**Trem-bala** – Martha Medeiros
513.**Os cães ladram** – Truman Capote
514.**O Kama Sutra de Vatsyayana**
515.**O crime do Padre Amaro** – Eça de Queiroz
516.**Odes de Ricardo Reis** – Fernando Pessoa
517.**O inverno da nossa desesperança** – Steinbeck
518.**Piratas do Tietê (1)** – Laerte
519.**Rê Bordosa: do começo ao fim** – Angeli
520.**O Harlem é escuro** – Chester Himes
521.**Café-da-manhã dos campeões** – Kurt Vonnegut
522.**Eugénie Grandet** – Balzac
523.**O último magnata** – F. Scott Fitzgerald
524.**Carol** – Patricia Highsmith
525.**100 receitas de patisseria** – Sílvio Lancellotti
526.**O fator humano** – Graham Greene
527.**Tristessa** – Jack Kerouac
528.**O diamante do tamanho do Ritz** – S. Fitzgerald
529.**As melhores histórias de Sherlock Holmes** – Arthur Conan Doyle
530.**Cartas a um jovem poeta** – Rilke
531(20).**Memórias de Maigret** – Simenon
532(4).**O misterioso sr. Quin** – Agatha Christie
533.**Os analectos** – Confúcio
534(21).**Maigret e os homens de bem** – Simenon
535(22).**O medo de Maigret** – Simenon
536.**Ascensão e queda de César Birotteau** – Balzac
537.**Sexta-feira negra** – David Goodis
538.**Ora bolas – O humor de Mario Quintana** – Juarez Fonseca
539.**Longe daqui aqui mesmo** – Antonio Bivar
540(5).**É fácil matar** – Agatha Christie
541.**O pai Goriot** – Balzac
542.**Brasil, um país do futuro** – Stefan Zweig
543.**O processo** – Kafka
544.**O melhor de Hagar 4** – Dik Browne
545(6).**Por que não pediram a Evans?** – Agatha Christie
546.**Fanny Hill** – John Cleland
547.**O gato por dentro** – William S. Burroughs
548.**Sobre a brevidade da vida** – Sêneca
549.**Geraldão (1)** – Glauco
550.**Piratas do Tietê (2)** – Laerte
551.**Pagando o pato** – Ciça
552.**Garfield de bom humor (6)** – Jim Davis
553.**Conhece o Mário?** – Santiago
554.**Radicci 6** – Iotti
555.**Os subterrâneos** – Jack Kerouac
556(1).**Balzac** – François Taillandier
557(2).**Modigliani** – Christian Parisot
558(3).**Kafka** – Gérard-Georges Lemaire
559(4).**Júlio César** – Joël Schmidt
560.**Receitas da família** – J. A. Pinheiro Machado
561.**Boas maneiras à mesa** – Celia Ribeiro
562(9).**Filhos sadios, pais felizes** – R. Pagnoncelli
563(10).**Fatos & mitos** – Dr. Fernando Lucchese
564.**Ménage à trois** – Paula Taitelbaum
565.**Mulheres!** – David Coimbra
566.**Poemas de Álvaro de Campos** – Fernando Pessoa
567.**Medo e outras histórias** – Stefan Zweig
568.**Snoopy e sua turma (1)** – Schulz
569.**Piadas para sempre (1)** – Visconde da Casa Verde
570.**O alvo móvel** – Ross Macdonald
571.**O melhor do Recruta Zero (2)** – Mort Walker
572.**Um sonho americano** – Norman Mailer
573.**Os broncos também amam** – Angeli
574.**Crônica de um amor louco** – Bukowski
575(5).**Freud** – René Major e Chantal Talagrand
576(6).**Picasso** – Gilles Plazy
577(7).**Gandhi** – Christine Jordis
578.**A tumba** – H. P. Lovecraft
579.**O príncipe e o mendigo** – Mark Twain
580.**Garfield, um charme de gato (7)** – Jim Davis
581.**Ilusões perdidas** – Balzac
582.**Esplendores e misérias das cortesãs** – Balzac
583.**Walter Ego** – Angeli
584.**Striptiras (1)** – Laerte
585.**Fagundes: um puxa-saco de mão cheia** – Laerte
586.**Depois do último trem** – Josué Guimarães
587.**Ricardo III** – Shakespeare
588.**Dona Anja** – Josué Guimarães
589.**24 horas na vida de uma mulher** – Stefan Zweig
590.**O terceiro homem** – Graham Greene
591.**Mulher no escuro** – Dashiell Hammett
592.**No que acredito** – Bertrand Russell
593.**Odisséia (1): Telemaquia** – Homero
594.**O cavalo cego** – Josué Guimarães
595.**Henrique V** – Shakespeare
596.**Fabulário geral do delírio cotidiano** – Bukowski
597.**Tiros na noite 1: A mulher do bandido** – Dashiell Hammett
598.**Snoopy em Feliz Dia dos Namorados! (2)** – Schulz
599.**Mas não se matam cavalos?** – Horace McCoy
600.**Crime e castigo** – Dostoiévski
601(7).**Mistério no Caribe** – Agatha Christie
602.**Odisséia (2): Regresso** – Homero
603.**Piadas para sempre (2)** – Visconde da Casa Verde
604.**À sombra do vulcão** – Malcolm Lowry

605(8).**Kerouac** – Yves Buin
606.**E agora são cinzas** – Angeli
607.**As mil e uma noites** – Paulo Caruso
608.**Um assassino entre nós** – Ruth Rendell
609.**Crack-up** – F. Scott Fitzgerald
610.**Do amor** – Stendhal
611.**Cartas do Yage** – William Burroughs e Allen Ginsberg
612.**Striptiras (2)** – Laerte
613.**Henry & June** – Anaïs Nin
614.**A piscina mortal** – Ross Macdonald
615.**Geraldão (2)** – Glauco
616.**Tempo de delicadeza** – A. R. de Sant'Anna
617.**Tiros na noite 2: Medo de tiro** – Dashiell Hammett
618.**Snoopy em Assim é a vida, Charlie Brown! (3)** – Schulz
619.**1954 – Um tiro no coração** – Hélio Silva
620.**Sobre a inspiração poética (Íon)** e ... – Platão
621.**Garfield e seus amigos (8)** – Jim Davis
622.**Odisséia (3): Ítaca** – Homero
623.**A louca matança** – Chester Himes
624.**Factótum** – Charles Bukowski
625.**Guerra e Paz: volume 1** – Tolstói
626.**Guerra e Paz: volume 2** – Tolstói
627.**Guerra e Paz: volume 3** – Tolstói
628.**Guerra e Paz: volume 4** – Tolstói
629(9).**Shakespeare** – Claude Mourthé
630.**Bem está o que bem acaba** – Shakespeare
631.**O contrato social** – Rousseau
632.**Geração Beat** – Jack Kerouac
633.**Snoopy: É Natal! (4)** – Charles Schulz
634(8).**Testemunha da acusação** – Agatha Christie
635.**Um elefante no caos** – Millôr Fernandes
636.**Guia de leitura (100 autores que você precisa ler)** – Organização de Léa Masina
637.**Pistoleiros também mandam flores** – David Coimbra
638.**O prazer das palavras – vol. 1** – Cláudio Moreno
639.**O prazer das palavras – vol. 2** – Cláudio Moreno
640.**Novíssimo testamento: com Deus e o diabo, a dupla da criação** – Iotti
641.**Literatura Brasileira: modos de usar** – Luís Augusto Fischer
642.**Dicionário de Porto-Alegrês** – Luís A. Fischer
643.**Clô Dias & Noites** – Sérgio Jockymann
644.**Memorial de Isla Negra** – Pablo Neruda
645.**Um homem extraordinário e outras histórias** – Tchekhov
646.**Ana sem terra** – Alcy Cheuiche
647.**Adultérios** – Woody Allen
648.**Para sempre ou nunca mais** – R. Chandler
649.**Nosso homem em Havana** – Graham Greene
650.**Dicionário Caldas Aulete de Bolso**
651.**Snoopy: Posso fazer uma pergunta, professora? (5)** – Charles Schulz
652(10).**Luís XVI** – Bernard Vincent
653.**O mercador de Veneza** – Shakespeare
654.**Cancioneiro** – Fernando Pessoa
655.**Non-Stop** – Martha Medeiros
656.**Carpinteiros, levantem bem alto a cumeeira & Seymour, uma apresentação** – J.D.Salinger
657.**Ensaios céticos** – Bertrand Russell
658.**O melhor de Hagar 5** – Dik Browne
659.**Primeiro amor** – Ivan Turguêniev
660.**A trégua** – Mario Benedetti
661.**Um parque de diversões da cabeça** – Lawrence Ferlinghetti
662.**Aprendendo a viver** – Sêneca
663.**Garfield, um gato em apuros (9)** – Jim Davis
664.**Dilbert 1** – Scott Adams
665.**Dicionário de dificuldades** – Domingos Paschoal Cegalla
666.**A imaginação** – Jean-Paul Sartre
667.**O ladrão e os cães** – Naguib Mahfuz
668.**Gramática do português contemporâneo** – Celso Cunha
669.**A volta do parafuso** *seguido de* **Daisy Miller** – Henry James
670.**Notas do subsolo** – Dostoiévski
671.**Abobrinhas da Brasilônia** – Glauco
672.**Geraldão (3)** – Glauco
673.**Piadas para sempre (3)** – Visconde da Casa Verde
674.**Duas viagens ao Brasil** – Hans Staden
675.**Bandeira de bolso** – Manuel Bandeira
676.**A arte da guerra** – Maquiavel
677.**Além do bem e do mal** – Nietzsche
678.**O coronel Chabert** ***seguido de*** **A mulher abandonada** – Balzac
679.**O sorriso de marfim** – Ross Macdonald
680.**100 receitas de pescados** – Sílvio Lancellotti
681.**O juiz e o seu carrasco** – Friedrich Dürrenmatt
682.**Noites brancas** – Dostoiévski
683.**Quadras ao gosto popular** – Fernando Pessoa
684.**Romanceiro da Inconfidência** – Cecília Meireles
685.**Kaos** – Millôr Fernandes
686.**A pele de onagro** – Balzac
687.**As ligações perigosas** – Choderlos de Laclos
688.**Dicionário de matemática** – Luiz Fernandes Cardoso
689.**Os Lusíadas** – Luís Vaz de Camões
690(11).**Átila** – Éric Deschodt
691.**Um jeito tranqüilo de matar** – Chester Himes
692.**A felicidade conjugal** ***seguido de*** **O diabo** – Tolstói
693.**Viagem de um naturalista ao redor do mundo** – vol. 1 – Charles Darwin
694.**Viagem de um naturalista ao redor do mundo** – vol. 2 – Charles Darwin
695.**Memórias da casa dos mortos** – Dostoiévski
696.**A Celestina** – Fernando de Rojas
697.**Snoopy (6)** – Charles Schulz
698.**Dez (quase) amores** – Claudia Tajes
699.**Poirot sempre espera** – Agatha Christie
700.**Cecília de bolso** – Cecília Meireles
701.**Apologia de Sócrates** ***precedido de*** **Êutifron e** ***seguido de*** **Críton** – Platão
702.**Wood & Stock** – Angeli
703.**Striptiras (3)** – Laerte
704.**Discurso sobre a origem e os fundamentos da desigualdade entre os homens** – Rousseau
705.**Os duelistas** – Joseph Conrad
706.**Dilbert (2)** – Scott Adams
707.**Viver e escrever (vol.1)** – Edla van Steen
708.**Viver e escrever (vol.2)** – Edla van Steen
709.**Viver e escrever (vol.3)** – Edla van Steen
710.**A teia da aranha** – Agatha Christie